ZAJĘCZA CHATKA

BAJKI O ZWIERZĘTACH

Ilustratorzy: Irina i Władimir Pustowałowy

BAJKA O DZIELNYM ZAJĄCU

Urodził się w lesie zajączek, który ciągle czegoś się bał. Trzaśnie gdzieś gałązka, poderwie się ptaszek, spadnie z drzewa bryła śniegu – zajączek już ma duszę na ramieniu.

Bał się tak przez dzień, dwa dni, tydzień i rok, aż w końcu wyrósł duży i znudziło mu się bać.

– Nie boję się nikogo! – krzyknął na cały las. – Nie boję się nic a nic i kropka!
Zebrały się stare zające, zbiegły się malutkie zajączki, przywlokły się stare
zajęczyce – wszystkie słuchają, jak się chwali zając swoją odwagą, długimi
uszami, skośnymi oczami, krótkim ogonkiem. Słuchają i własnym uszom
nie wierzą. Jeszcze tego nie było, żeby zając nie bał się niczego!

– Ej ty, długouchy, a wilka też się nie boisz?

– Ani wilka się nie boję, ani lisicy, ani niedźwiedzia – nikogo się nie boję!
To zabrzmiało już nazbyt zabawnie. Młode zajączki zachichotały,
przykrywając mordki przednimi łapkami. Zaśmiały się też dobre, stare
zajęczyce. Uśmiechnęły się nawet stare zające, którym zdarzyło się nieraz
wymknąć z łap lisicy lub uciec wilczym zębiskom. Naprawdę śmieszny
ten zając!... Ach, jakiż on śmieszny!

I wszystkim nagle zrobiło się wesoło. Zające zaczęły fikać koziołki, skakać, ścigać się, zupełnie jakby powariowały.
– Co tu dużo mówić! – krzyczał zupełnie już rozochocony zając. – Jeśli spotkam wilka, sam go zjem…

– Ach, jaki śmieszny ten zając! Ach, jakiż on głupiutki! Myśli, że da radę wilkowi – śmieją się pozostałe zające.

A wilk był tuż-tuż. Chodził sobie po lesie, załatwiał swoje wilcze sprawy, w końcu zgłodniał i pomyślał, że dobrze byłoby przekąsić jakiegoś zajączka. Wtem usłyszał, jak gdzieś niedaleko zające hałasują i o nim, szarym wilku, mówią.

Od razu zatrzymał się, powęszył w powietrzu i zaczął się skradać, aż podszedł całkiem blisko rozbawionych zajęcy. Słyszy, jak się z niego śmieją, a najbardziej zając chwalipięta – skośnooki, długouchy, z krótkim ogonem.

„Ech, brachu, ja ci pokażę! Już ja cię zjem!" – pomyślał szary wilk i zaczął przyglądać się, który to zając przechwala się swoją odwagą. A zające niczego nie widzą, bawią się w najlepsze. Skończyło się tak, że zając chwalipięta wszedł na pieniek, przysiadł na tylnych łapkach i przemówił:

– Słuchajcie, tchórze! Słuchajcie i patrzcie na mnie. Oto zaraz pokażę wam pewną sztuczkę. Ja… ja… ja…

Wówczas język chwalipięty zupełnie jakby przymarzł. Zając dostrzegł patrzącego na niego wilka. Inne zające nie widziały zagrożenia, a on widział i nie śmiał nawet oddychać.

I wydarzyła się rzecz zupełnie nieoczekiwana.

Zając chwalipięta podskoczył do góry jak piłeczka i ze strachu upadł prosto na szerokie wilcze czoło. Koziołkując, przetoczył się po wilczym grzbiecie, przekręcił się jeszcze raz w powietrzu, a potem dał takiego drapaka, jakby gotów był wyskoczyć z własnego futerka.

Długo biegł nieszczęsny zajączek, aż zaczął tracić siły.

Ciągle zdawało mu się, że wilk depcze mu po piętach i lada chwila chwyci go zębami.

Wreszcie biedaczek zupełnie osłabł, zamknął oczy i padł jak nieżywy pod krzakiem.

Tymczasem wilk biegł w przeciwnym kierunku. Kiedy zając wpadł na niego, myślał, że ktoś do niego strzelił i dlatego tak szybko uciekał. Zupełnie przestał myśleć o zającach…

Pozostałe zające długo nie mogły dojść do siebie. Jeden czmychnął w krzaki, drugi skrył się za pniem, jeszcze inny uciekł do norki. Wreszcie znudziło im się już chowanie i zaczęły – co odważniejsze – powolutku wyglądać z ukrycia.

– Nasz zając nieźle wystraszył wilka! – zające stwierdziły zgodnie. – Gdyby nie on, nie uszłybyśmy z życiem… Ale gdzież jest nasz nieustraszony bohater?

Zaczęły szukać. Chodziły, chodziły, ale nigdzie nie było dzielnego zająca. Czyżby zjadł go inny wilk? W końcu jednak znalazły: leży w norce pod krzaczkiem ledwie żywy ze strachu.

– Zuch, długouchy! – krzyknęły zające jednym głosem. – Ach, ty!... Nieźle nastraszyłeś starego wilka. Dzięki, brachu! A my myślałyśmy, że się tylko przechwalasz.

Słysząc to, zając od razu nabrał wigoru. Wyszedł ze swojej norki, otrzepał się, zmrużył oczy i przemówił:

– A co sobie myślałyście? Ech wy, tchórze…

Od tego dnia zając sam zaczął wierzyć, że rzeczywiście nikogo się nie boi i naprawdę stał się dzielny.

LISICA
I DROZD

Na drzewie, w gniazdku drozda wylęgły się pisklęta. Dowiedziała się o tym lisica. Przybiegła i stuk-stuk ogonem po drzewie.

Drozd wyjrzał z gniazda, a lisica mówi:

– Zrąbię drzewo ogonem, a ciebie i twoje dzieci zjem!

Drozd przestraszył się i zaczął prosić lisicę:

– Lisiczko, dobrodziejko, nie rąb drzewa i oszczędź moje dzieci! Za to nakarmię cię plackami i miodem.

– Jeśli tak, zostawię drzewo w spokoju!

– A zatem – mówi drozd – chodźmy na wielką drogę.

Tak też zrobili. Ptak leci, a lisica w ślad za nim biegnie. Zobaczył drozd staruszkę z wnuczką, które szły po drodze, niosąc koszyk placków i dzbanek miodu.

Lisica ukryła się, a drozd usiadł na drodze i zaczął udawać, że nie może latać. Unosi się nad ziemią, po czym siada. Wzlatuje i znowu przysiada. Wnuczka mówi do babci:

– Złapmy tego ptaszka!

– Jak to zrobimy?

– Jakoś nam się uda. Widać, że ma chore skrzydełko. Jest taki piękny!
Staruszka z wnuczką postawiły koszyk i dzbanek na ziemi i pobiegły za
drozdem.

Tym sposobem drozd odciągnął je od placków i miodu. Tymczasem lisica nie próżnowała: najadła się do syta placków z miodem i jeszcze schowała na zapas.

Drozd odleciał do swojego gniazda, a lisica tuż za nim – stuk-stuk ogonem po drzewie:

– Zrąbię drzewo ogonem, a ciebie i twoje dzieci zjem!

Drozd wyjrzał z gniazda i dalejże prosić lisicę i błagać:

– Lisiczko, dobrodziejko, nie rąb drzewa i oszczędź moje dzieci! Za to napoję cię piwem.

– Ruszajmy więc czym prędzej. Po tym tłustym i słodkim jedzeniu pić mi się chce!

Drozd ponownie poleciał na drogę, a lisica pobiegła w ślad za nim.

Patrzy drozd: jedzie chłop, wiezie beczkę piwa. Podleciał do niego i a to na koniu przysiądzie, a to znowu na beczce. Tak rozgniewał chłopa, że ten postanowił zabić ptaka. Drozd usiadł na zatyczce beczki.

Chłop jak nie uderzy siekierą! Mocnym ciosem wybił z beczki korek. Drozd odleciał, a chłop pobiegł za nim.

Piwo zaś z beczki rozlało się na drogę. Lisica napiła się, ile dusza zapragnie, i poszła, podśpiewując.

Przyleciał drozd do swojego gniazda. Lisica znowu – stuk-stuk ogonem w drzewo:

– Droździe, droździe, nakarmiłeś mnie?

– Nakarmiłem!

– Napoiłeś mnie?

– Napoiłem!

– Teraz mnie rozśmiesz, bo jak nie, to zrąbię drzewo ogonem i zjem ciebie i twoje dzieci!

Drozd zaprowadził lisicę do wsi. Patrzy – staruszka doi krowę, a obok staruszek plecie łapcie. Drozd usiadł kobiecie na ramieniu, a chłop na to:
– Nie ruszaj się, zabiję tego ptaka!

Jak nie uderzy staruszki po ramieniu! Tyle że nie trafił w drozda. Staruszka upadła i wywróciła wiadro z mlekiem. Podniosła się i dalejże na staruszka krzyczeć.

A lisica długo śmiała się z niezdarnego staruszka.

Tymczasem drozd powrócił do swojego gniazda. Nie zdążył jeszcze nakarmić dzieci, a lisica już ogonem w drzewo: stuk-stuk-stuk!

– Droździe, droździe, nakarmiłeś mnie?

– Nakarmiłem!

– Napoiłeś mnie?

– Napoiłem!

– Rozśmieszyłeś mnie?

– Rozśmieszyłem!

– Teraz mnie przestrasz!

Rozzłościł się drozd i mówi:

– Zamknij oczy i biegnij za mną!

Leci drozd, pogwizdując, a lisica biegiem za nim, oczu nie otwierając.
Naprowadził drozd lisicę wprost na myśliwych.
– A teraz, lisico, bój się!
Lisica otworzyła oczy, zobaczyła psy – i w nogi! A psy za nią. Ledwo
udało się jej uciec do nory. Wlazła do środka, złapała oddech i zaczęła
pytać:

– Oczka, oczka, coście robiły?

– Oczka uważnie patrzyły, by psy lisiczki nie dogoniły.

– Uszka, uszka, coście robiły?

– Uszka uważnie słuchały, by psy lisiczki nie dognały.

– Nóżki, nóżki, coście robiły?

– Nóżki co sił gnały, by lisiczki psy nie zjadły.

– A ty, ogonie, co robiłeś?

– Pni i krzaków się czepiałem, biec lisicy przeszkadzałem!

Rozzłościła się lisica na ogon i wysunęła go z nory:
– Macie, psy, zjedzcie mój ogon!
Psy chwyciły lisicę za ogon i wyciągnęły z nory.

ZAJĘCZA CHATKA

Lisica i zajączek mieszkali po sąsiedzku. Lisica miała chatkę lodową, a zajączek – z drewna. Nadeszła piękna wiosna i chatka lisicy roztajała, a zajączka stoi jak stała. Lisica wprosiła się więc do zajączka, aby się ogrzać, po czym wygoniła gospodarza z chatki.

Idzie zajączek, płacze, wtem spotyka psa:

– Dlaczego płaczesz, zajączku?

– Jak mam nie płakać? Miałem chatkę z drewna, a lisica z lodu. Chatka lisicy roztopiła się, a ona wprosiła się do mojego domu i mnie wygnała.

– Nie płacz, zajączku! – mówi pies. – Pomogę ci w nieszczęściu.

Podeszli do chatki. Pies zaczął szczekać:
– Hau, hau, hau! Wynoś się, lisico, precz!
A ta, leżąc na piecu, tak im odpowiada:
– Jak wylecę, jak wyskoczę, to wam kości pogruchoczę!
Pies wystraszył się i uciekł.

Zajączek znowu idzie i płacze, naraz spotyka niedźwiedzia:
– Dlaczego płaczesz, zajączku?
– Jak mam nie płakać? Miałem chatkę z drewna, a lisica z lodu. Chatka
lisicy roztopiła się, a ona wprosiła się do mojego domu i mnie wygoniła.
– Nie płacz, zajączku – mówi niedźwiedź. – Pomogę ci w niedoli.
– Nie, nie pomożesz. Pies próbował ją przegonić, nie wygonił. Tobie też
się nie uda.

– Zobaczysz, przegonię!

Podeszli do chatki. Niedźwiedź dawajże ryczeć:

– Wynoś się, lisico, precz!

A ta im odpowiada, leżąc na piecu:

– Jak wylecę, jak wyskoczę, to wam kości pogruchoczę!

Niedźwiedź przestraszył się i uciekł.

Zajączek znowu idzie i płacze, spotyka byka:
– Dlaczego płaczesz, zajączku?

– Jak mam nie płakać? Miałem chatkę z drewna, a lisica z lodu. Chatka lisicy roztopiła się, a ona wprosiła się do mojego domu i mnie wygoniła.

– Nie płacz, zajączku – mówi byk. – Pomogę ci w nieszczęściu.

– Nie, nie pomożesz. Pies próbował ją wygnać, nie przegonił. Niedźwiedź próbował, nie przegonił. Tobie też się nie uda.

– Zobaczysz, wygonię!

Podeszli do chatki. Byk dalejże ryczeć:
– Wynoś się, lisico, precz!
A ta im odpowiada, leżąc na piecu:
– Jak wylecę, jak wyskoczę, to wam kości pogruchoczę!
Byk także się wystraszył i uciekł.

Idzie zajączek dalej, łzami się zalewa. Wtem spotyka kogucika z kosą:

– Kukuryku! Dlaczego płaczesz, zajączku?

– Jak mam nie płakać? Miałem chatkę z drewna, a lisica z lodu. Chatka lisicy roztopiła się, a ona wprosiła się do mojego domu i mnie wygoniła.

– Nie płacz, pomogę ci w nieszczęściu.

– Nie, koguciku, nie pomożesz. Pies próbował przegonić lisicę, nie wygonił. Niedźwiedź gonił, nie przegonił. Byk gonił, nie wygonił. Jakże ty mógłbyś ją wygnać?

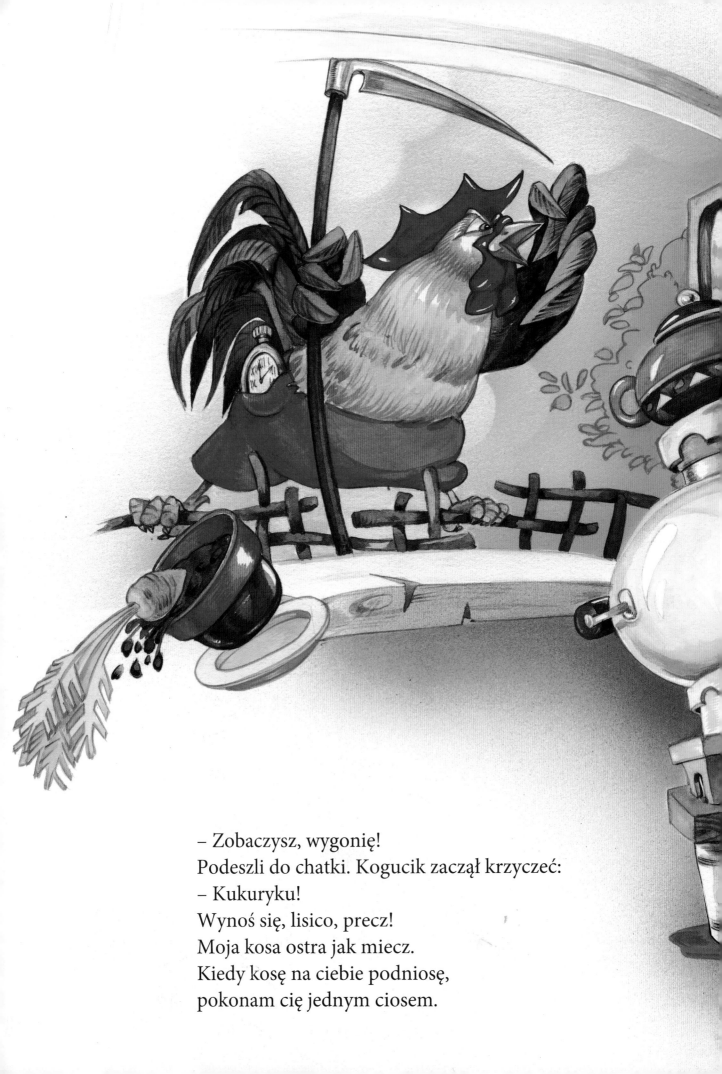

– Zobaczysz, wygonię!
Podeszli do chatki. Kogucik zaczął krzyczeć:
– Kukuryku!
Wynoś się, lisico, precz!
Moja kosa ostra jak miecz.
Kiedy kosę na ciebie podniosę,
pokonam cię jednym ciosem.

Zajączka z chatki wygnałaś,
dość już na piecu się grzałaś,
zabieraj swoje manatki,
zmykaj z drewnianej chatki!

Lisica usłyszała groźną piosenkę, wystraszyła się i mówi:

– Szykuję się…

A kogucik znowu śpiewa swoją pieśń.

Lisica odpowiada:

– Ubieram się…

Śpiew kogucika zabrzmiał po raz trzeci.

W końcu kogucik wleciał do chatki i jak nie machnie kosą! A lisica dalejże uciekać przez okno – został po niej tylko obcięty ogon.

Od tej pory zajączek i kogucik zamieszkali razem w chatce z drewna.

WRÓBELEK

U wróbli jest tak samo jak u ludzi: dorosłe wróble przestrzegają dzieci przed zagrożeniem, a dzieci chcą żyć po swojemu i nie zawsze słuchają dorosłych...

Żył sobie kiedyś wróbel-żółtodziób, który nazywał się Pudlik. Mieszkał nad okienkiem, w ciepłym gnieździe ze słomy, kawałków mchu i innych miękkich materiałów. Latać jeszcze nie próbował, ale machał już skrzydełkami i ciągle wyglądał z gniazda. Chciał jak najszybciej dowiedzieć się, jak jest na świecie.

– Co widzisz? – pytała go mama-wróblica.

On potrząsał skrzydłami i patrząc na ziemię, ćwierkał:

– Nazbyt czarna, nazbyt!

Przylatywał tata-wróbel, przynosił Pudlikowi robaczki i chwalił się:

– Smaczne kąski na śniadanie.

Mama-wróblica przytakiwała mu:

– Ćwir, ćwir!

A Pudlik łykał robaczki i myślał: „Czym tu się szczycić – robaka z nóżkami dali – żadne cudo!". I ciągle wychylał się z gniazda, ciągle się czemuś przyglądał.

– Skarbie, skarbie – niepokoiła się mama – uważaj, bo wypadniesz!

– Czym, czym? – pytał Pudlik.

– Niczym. Po prostu upadniesz na ziemię, a wtedy kot cię dopadnie i spałaszuje! – tłumaczył tato, odlatując na polowanie.

Mijały dni, a skrzydłom nie spieszyło się rosnąć.

Pewnego razu wiał silny wiatr, a ciekawy Pudlik wychylał się z gniazda:

– Wiatr dmuchnie na ciebie – ćwir! I zrzuci na ziemię – kotu! – ostrzega mama.

To się Pudlikowi nie spodobało, więc powiedział:

– A po co drzewa się chwieją? Niech przestaną, wtedy wiatr ustanie…

Mama próbowała mu wytłumaczyć, że to nie tak, lecz malec nie uwierzył – lubił wszystko objaśniać na swój sposób.

Innym razem przechodził obok człowiek i wymachiwał rękami.

– Skrzydła pewnie kot mu oderwał – powiedział Pudlik – tylko kosteczki zostały!

– To człowiek, ludzie nie mają skrzydeł – wyjaśniła wróblica.

– Dlaczego?

– Taka ich natura, żeby żyć bez skrzydeł. Zawsze skaczą na nogach, wiesz?

– Po co?

– Gdyby mieli skrzydła, łapaliby nas, jak ja i tata łapiemy muszki…

– Bzdura! – powiedział Pudlik. – Bzdura, banialuki! Wszyscy powinni mieć skrzydła! Przecież na ziemi jest gorzej niż w powietrzu!… Kiedy urosnę, sprawię, żeby wszyscy latali.

Pudlik nie wierzył mamie. Nie wiedział jeszcze, że gdy nie słucha się mamy, może się to źle skończyć. Siedział na samej krawędzi gniazda i na całe gardło wyśpiewywał wiersze własnego autorstwa:

– Hej, człowieku, patrzysz w chmury,
lecz nie wzniesiesz się do góry.
Nie masz skrzydeł i swej nogi
nie oderwiesz od podłogi!
A ja również mam dwie nóżki,
na śniadanie zjadam muszki.
Wnet dwa skrzydła mi wyrosną,
będę latał ponad sosną!

Śpiewał, śpiewał, aż wypadł z gniazda, a mama poleciała za nim. Wtem jak na zawołanie pojawił się rudy, zielonooki kocur.

Przestraszył się Pudlik, rozpostarł skrzydła, chwieje się na szarych nóżkach i ćwierka:

– Ćwir, ćwir!

A wróblica odciąga go na bok. Nastroszyła pióra, otworzyła dziób i odważnie zaczęła bronić Pudlika.
– Uciekaj! Leć, Pudliku, leć na okno, leć…
Strach uniósł z ziemi wróbelka, ptaszek podskoczył, zamachał skrzydełkami – raz, dwa i już był na oknie!
Przyleciała też mama – bez ogona, ale bardzo szczęśliwa. Usiadła obok Pudlika, czule dziobnęła go w łepek i mówi:
– I co?

– No cóż… – zamyślił się Pudlik – wszystkiego od razu nie można się nauczyć!

A kot został na ziemi. Strzepując z łapek wróble pióra, patrzy na nich i z żalem miauczy:

– Miau… taki malutki wróbelek, zupełnie jak myszka… miau… niestety…

Co prawda mama-wróblica straciła pióra z ogonka, ale wszystko zakończyło się szczęśliwie, a Pudlik w końcu nauczył się latać.

SPIS TREŚCI

Wybór tekstów: Siergiej Kuźmin
Przekład: Aleksandra Urban-Podolan
Ilustracje: Irina i Władimir Pustowałowy
Redakcja: Joanna Wawryk
Skład: Jerzy Dombek

© UP „Kniżnyj Dom" 2012
© 2012 for the Polish edition
by Wydawnictwo Elżbieta Jarmołkiewicz Sp. z o.o.

Wydawnictwo Elżbieta Jarmołkiewicz Sp. z o.o.
65-722 Zielona Góra, ul. Dekoracyjna 8
tel. 68 326 84 84

ISBN 978-83-7711-157-4